청어詩人選 451

신청호 시집

나를
건너간
무지개

청어

시인의 말

무심천 상류를 끼고 살았던 동심

고향을 떠나지 못해
고향을 소우주로 삼아

나를 건너간
또한 나를 건너갈

무지개를 찾고 싶다

2024년 여름
신청호

차례

2부 겨울을 거두는

3부 발품의 이력

4부 잠시 비운 날

1부

벚꽃 길

도꼬마리

떠돌이처럼 살다
쥐 뜯어 먹은 모습으로

내 바짓가랑이를 붙들고
놓아주지 않는다

가시로 남아
언제 그 인연을 벗어버릴 거냐고
콕콕 찌른다

상야리 돌하르방

상야리 삼거리에
구부정한 어깨로
아무 말 없이 앉아 있다

어디서 왔습니까
왜 길가에 나와 계십니까 물으니
눈동자 파인 눈으로
나를 빤히 바라다본다
가슴이 뜨끔했다

내가 눈병 났을 때
벽에다 파인 눈을 그리고 나서
두 손 모아 빌었던
할머니가 보였다

합장하고 삼배하는 할머니가
응신(應身)으로
나를 바라보고 있다

쑥부쟁이

청룡리 산소에서 가져온 보라색 꽃
향기는 퍼져만 가고

술잔에 절을 하고 나니
혼백이 하늘로 올라가
내 몰골을 내려다보는 듯했습니다

보라색 연정을 품고 살아온 나
무명의 시간이 주르륵 흘러내렸습니다

삶의 순환에 찌들어
여기까지 어떻게 왔는지도 모를 냄새
아버지를 허공에서 맡았습니다

일심(一心)으로
식탁에 놓아둔 꽃
나를 사로잡았습니다

산소에서 꺾어온
보랏빛 향기를 살리고자
아내는 주둥이 좁은 꽃병에
가려 꽂았습니다

식탁에서 아버지가 무럭무럭 피어났습니다

버려지다

애지중지 써 내려간 강의자료
정리하다 만 목록들
끈으로 묶어 책꽂이에서 내려진 책들

인터넷에 있다고
아내는 모두 버리라고 한다

컴퓨터 화면을 들여다보는 눈이
나날이 침침해지고
아직도 버리지 못한
아날로그의 흔적들

아내의 말이
나를 버린다는 말처럼
귀를 때린다

잠시 할 말을 잊고
창밖 하늘을 본다

어딘가
나를 건너간 무지개가
둥둥 떠다닐까 싶다

우수(雨水)

울음 뒤에 웃음이 온다

알의 보호막 속에 자라나
알몸으로 다리 달고
세상의 온갖 냄새와 소리를 감지했는지

세상 물정 알려고
울음보가 터진다

먹고 살아가는 고통의 시작이다

웃음과 울음
행복과 불행
행복의 총량은 같다

언젠가
울음 껍질 벗고 개굴개굴 웃겠지

도장지

한로 상강 지나
매실나무 중간에 쭉 자란 새순 가지는
꽃눈을 만들지 못한다

한들한들 하늘 향해
천하에 저 잘난 듯 위로 치켜서더니
꽃눈 가지에 그늘을 만들어
열매에 훼방 놓는다

내 안의 도장지는

내 안의 귀, 남의 소리 제쳐두고
내 안의 입, 내 소리만 받드는
내 안에 숨어있는 도장지

웃자라 축 늘어져 가는 세월 속에
언제 싹둑 잘릴까

거기까지다

두 눈이 침침하여 쓰던 글 멈추고
일그러진 얼굴을 거울 앞에 내놓고 기지개 켠다

사람은 그렇고 그런 것
그런 시를 쓰는 사람이라고 단정하면
거기까지다

썼다 지우고
지우고 다시 쓰는데도
여러 몸으로 나타나지 않고
가장 보고 싶어 하는 누구로만 나타나면
거기까지만 쓰고

남의 이야기는 그냥 넘어가야지
결국은 내 이야기인데
기교를 부리려면 뺑튀기해야 하는데
가식으로 쓰다 보면 바닥이 쉽게 보여
무엇이 정석인지 몰라

퍼뜩 떠오르는 시어 잘 알지도 못하여
요리조리 버무려 넘어가려고
길을 찾다 보니 그게 정석인 양 믿는 게
거기까지다

전체의 맥락을 찾아 글을 쓰려는데
쓰는 방향이 삼천포로 빠지거든
그럴 땐 처음부터 방향 잡아
전체를 좀 다듬어 가야 하거든
부분적으로 서툴어도 넘어가야 하는데
부분에 매이다 보니
무얼 이야기하려는지 몰라 그게 한계거든
거기까지다

거기까지란 말
푹 꺼져버려 침침해도 보이잖아
격물치지(格物致知)란 말 어떤가
심전경작(心田耕作)하여 거기를 벗어나자

정월 초사흘

소제(少祭) 올리고 난 구족반 위에
잰 며느리가 본다던 달이 사라졌다

팥 동부 콩 흑임자 고물로 덮은
김 나는 떡을 네모지게 첩첩 쌓아
고수레하며 잡귀 물러가라던
정월 초사흘

외양간 옆에 놓은
떡 접시 촛불 바라보며
어둠을 빨아들이는 천지신명께
두 손 모아 비는 할머니

커다란 눈으로 촛불을 바라보며
되새김하는 암소가 고개를 흔들 때
—건강하게 농사 잘 짓게 힘 좀 써달라고
워낭소리를 듣고 돌아서서
합장한다

뒤란의 장독대 옆 골방으로 가시는 엄마
골방 시렁에 떡 소반 놓고 나온 후
장독대 바람막이 단지 앞의 구족반에
한 사발 물과 쌀에 꽂은 촛불 보며

—새해에는 곳간을 더 많이 채워주소
—아들 공부 잘하게 도와주소

동서남북 향하여 두 손 싹싹 비비고
다시 큰절한다

구족반에 별이 떨어지고 있다

동짓날 팥죽

한옥 사랑채 돗자리 있는 방
아버지가 들어오신다

사랑방 아랫목 이불에 무릎을 집어넣고
동네 아이들과 화투놀이할 때
이불을 확 제치고 판을 엎으시던 아버지

밤이 긴 오늘은 재미있게 놀다 가거라 하시며
부엌에서 따끈한 새알 팥죽 가져오셨다

한참 후에 그만 놀고 집에 가거라 하시더니
아버지 친구들이 오자 팥죽을 대접하신 후
윗방으로 가서 꼬아놓은 새끼로
묵묵히 삼태기를 만드셨다

지금도 쪽대문 있는 한옥의 사랑채에 가면
화투놀이하다가 같이 혼난

희희덕거리다 입에서 새알 빠뜨린
시골 동무들 앞에서

아버지가
긴 밤을 지켜보고 있는 것 같다

벚꽃 길

1.
바람을 타고 온 봄의 전령사

하늘을 받쳐주는 바다처럼
너울거리는 꽃잎들이
햐얀 불을 뿜어댑니다

마술에 도취된 많은 사람들
심란한 가슴에 환희의 고적(孤寂)을 담고

벌들의 나팔소리를 들으며
벚꽃 사열대를 지나갑니다
어떻게 이 많은 사람을 불러냈을까

벚꽃은
어떤 봄의 소리를 낼까
이명으로 다가온 봄의 춤사위

꽃 피우기 위해 얼마나 많은 연습을 했을까
겨우내 잠을 설치며

2.
연속된 인파들
물결무늬 치마폭에서
바닷물 출렁거림으로

저쪽이 궁금해 자꾸 빠져들어 가는 차량들
서서히 밀려들어 오도 가도 못함에

길가로 벚꽃잎
하르르 날려주는 봄날 오후

바이올렛

사계절 한자리
허공에서 자맥질하는

녹아든 먼지를 먹고
부서지는 햇살 받으며

자만하지 않고
그저 수수하게 피어나는 보랏빛

창 너머 오가는
차량의 행렬을 보며
방구석에서
늘 푸른 기개로
결기를 보여준다고

하늘로 하늘로
고개 들고 나를 보고 있다

풍경소리

욕심의 끝자락을
저만치에 두고 온 바람소리

서 있는 세상을 불러내며
그네를 탄다

보이는 것은 색(色)이요
보이지 않는 것은 공(空)이라고

잊은 듯 이어지는
풍경소리로

잠시 무명의 소리 찾아
먼 길 떠나본다

대천 앞바다

나는 낙산사 홍련암으로 갔고
누나는 엄마를 모시고 대천해변으로 떠났다
누나의 효심이 바다보다 넓다

홍련암 벚꽃은 지는데
동해 해수관음상 뒤로 달은 뜨고
누나는 아버지와 엄마가 거닐던 대천해변에서
낙조를 바라보고 있겠지

세 자매가 엄마의 기저귀를
너털웃음으로 갈아준다
엄마 손을 탔던 아기가 쭈글쭈글한 할머니 되어
지린내도 아랑곳없이

아이를 키워보고 할머니가 되어보니
엄마 마음 알겠다고
아프지 말아야지 다짐하며
눈물 글썽인다

생로병사
시공을 초월한
색과 공이 곧 하나이던가

어제의 웃음이 오늘의 웃음이 아닌
평정심을 찾는 마음이거늘

수옥정에서

고단한 하루해가 산속으로 떨어진다
어둠에 눌린 가파른 데크길

갓 태어난 송아지 발자국처럼 비틀거리며
걸음에 의미를 걸고 한 발짝씩 디딘다

원력이 솟아나는 어미 소의 음성
어디선가 다가오는 듯
폭포 아래서 찰칵찰칵 봄을 찍는 소리가 들렸다

조령을 바라보며 앉아 있는 팔각정자
험한 겨울을 보내고
봄을 핥아주며 큰 눈으로 물줄기를 바라본다

온통 엷고도 환한 연둣빛 새순
물안개가 보호막을 친다

폭포 내의 정원이 점점 어두워져
비틀대는 송아지 걸음을 재촉한다

생각의 점프

남들이 이해 못 하는 혼자의 생각
무언가 허공을 향해 말도 안 되는
신들린 행동을 하지
기억의 파편들로
논리구조의 회로가 망가졌다

밥 한술 먹고 사는 일 너나 똑같은데

예전에는 강냉이죽이 왜 그리 맛있었는지
노란 강냉이 빵을
흰쌀밥과 바꿔 먹는 게 좋았거든
지금의 먹방을 보면
갖은 양념들을 준비해서 넣지 않는 게 없어
순서도 다르고 익히는 온도도 시간도 다르다

크고 작은 팬, 냄비, 찜통이냐
영양식이냐 다이어트 식이냐
가스불이냐 장작불이냐
곤로냐 인덕션을 사용하느냐
재료를 빻고 찧고 넣느냐에 따라
삼다수냐 백산수냐 해저수냐에 따라

차이가 나고 궁합이 맞지 않는 것도 있지

얼굴에 꺼뭇한 점이 보이는데
점 뺀다고 야단이지
살 깎기냐 레이저 시술이냐
흡입술이냐가 중요한 게 아니라

본래의 바탕이 중요한 것이야
아니 본래의 심성이지
심성의 바닥을 보이며 사는 거야

논이 갈라져도 살아가는 우렁이들
비를 기다리며 버틴다
버틴다는 말도 이젠 사랑스럽다
모든 이가 모든 일에 쉽게 버티지 못하니

근근이 살아만 가도 행복할 날들
무궁화는 꽃이 필 때 하나 피면 또 다른 것이
하나 피고 하나 지고 반복하면서
서너 달의 끈기를 주거든

그저 시를 쓰며 버틴다
좋은 시 한 편 쓴다고

기승전결도 맞지 않고 해석도 안 되거든
그냥 읽고 무슨 말을 하려는지 느끼면 되는 거지
생각의 점프가 있다면

죽림동 달천공원

손바닥 속의 늪
개구리 소리 오간 데 없고

풀섶에 가려진 맥문동
열매주머니가 시위를 한다

아파트 숲 바람을 잡고
파르르 떨며 숨 들이켜는

손바닥에 머문 시간을
정자에 내려놓는다

'혐오감 주는 행위 말자'는 공고문

빈 술병이 벽에 매달려 할딱거린다

범마루 개울

동네 앞 개울
풀섶에서 발을 구르다 놓친 고기들

물가의 큰 돌 훌쩍 뒤집어
덕지덕지 붙어있는 다슬기 손으로 훑고
머리 풀고 기다리던 물풀 속에
숨어있던 붕어와 미꾸라지
족대 속에서 파닥일 때
왜 그리 신이 났는지

돌아가는 물레방아 밑에 숨어
입 벌린 재첩처럼 기뻤는데

고향 개울 지날 때면
돌아가는 물레방아 속에서
무지개가 보였는데

흐르는 물도 방앗간도
그때의 시간도 다 어디로 갔을까

윤슬을 보다

대청호 호반 따라
팔짱을 끼고 돌아선 상수리나무
낙엽 덮인 나룻배

반평생 짐을 운반하다 멈춘 시간들
청남대를 향한 벤치에 나란히 앉아

사십 년 지기의 친구와
근근이 버텨온 나날이
반짝반짝 금은 물결의
일렁임으로 남을 듯

푸른 나뭇잎 타고 지나온
사십 년을 이십 년으로 줄여가는

얼룩진 물결의 주름을
대청호에 폭 담아내어
내 시간을 만들어 가라는

봄날의 조언자 바람
내일의 윤슬을 끌고 간다

2부

겨울을 거두는

물의 정원

밤꽃 비릿한 향내 퍼지는
물의 정원

물결 따라 낮게 날아가는
황새 한 마리

날개에 바람 안고
춤추는 황새

눈앞에 금계국 데이지꽃
노을 진 저녁

가뭄으로 낮아진 호수
하늘이 반이나 줄어 잠긴다

뉴 헤이븐의 밤

어둠이 날개를 치며 몰려올 때면
가로등 빛의 알갱이가 툭툭 터져 나와
교정의 십자로
예일동상에 눈비가 내린다

1701년에 설립했다는 연구 중심 사립대학
도서관은 바람 먹은 벽에 빛이 다소곳이 스며든다
로마네스크 양식의 고요 속에
빛의 소리가 둥근 천정에 잠든다

컴퓨터 속에서 이력을 집어내는
손끝은 내 손이 아니다

생쥐들 울음을 합창으로 알고
주삿바늘에 찔리며 보내는 고통의 시간이다

날이 새지 않을 것처럼 길게 와 닿는 건
무엇 때문일까

이국의 밤은 불면을 덮고 자야만 하는 이유인가

수향갤러리

수향갤러리 가보니
봉사활동 온 일행들보다
할머니 교수는 5인분 몫으로 일하는
기운 넘치는 삶을 살고 있다

손자손녀들이 정원에 와서
예쁘게 놀다 허기지면
꽃과 나무가 주는 양식을 받아
맑은 물 떠다 먹이고
한숨 돌리는 곳으로
박수부대가 남는 곳

초록 나무와 꽃들이 뿜어내는
뜰에서 묵언수행하는 이학박사 할머니
저 드넓은 들녘의 황금물결 찾아
줄지은 코스모스 길을 걷고 있다

그네 의자의 시어머니 밀어주고
석양을 등진 나신의 조각상 바라보며
밀려오는 어둠을 맞이하기도

고조부께서 터를 잡은 갈대마을(蘆洞)
소우주만 바라보고 사계를 지내 온 마을
6대에 걸친 하늘만 빼꼼한 괴일 동네

별보다 많은 청매실 꽃으로
세상을 만들고 싶은 수향갤러리
김 박사 할머니의 희망 정원이다

끈

벚꽃길 따라서 간 마구리 저수지는
내 어린 시절을 움켜쥔 끈이다

저수지 끝자락 도랑을 올라간 골짜기

물오른 버드나무 비틀어 만든 호드기
삐─이릭 소리를 품고

비운 도시락 속 종발 소리에
잠에서 깨어난 개구리

물 솟는 구멍에 숨어있던 가재가
추위에 눌린 봄기운 들고서
슬그머니 나왔다

넓적돌에 다리 꼬고 앉아
호드기 만들어준 금호와
강냉이 빵을 가져온 시옥이와
가재 구경 한참 했던 그날

추억의 끈으로
파란 하늘이 연둣빛으로 내려앉는다

왼쪽 다리가 끌고 간 삼강나루

예천군 중앙면 삼강리
금천과 낙동강이 만나는 합수머리에
450여 년 된 회화나무에 걸린
연(鳶)이 여인을 바라보고 있다

오리털 패딩을 입고 두툼한 스타킹을 신고
철새의 날개바람을 맞으며 황포 돛을 만지작거린다
삼강교를 바라보며 걷는 여인의 엉덩이
무리를 따르지 못하는
뒤뚱뒤뚱 청둥오리 걸음이다

오른쪽 왼쪽 중 어느 다리가 짧을까
하늘을 솟구쳐 검은 치마가 바람에 흔들려도
보이지 않는다

무리 속에 벗어난 철새의 생각

따르려고 해도 마음 같지 않고
멀리 산자락이 찾아와 벗어보라고 해도
그림자를 남기고 보여주지 않을 것인데

회화나무의 연이 되어 위로의 한마디

견뎌라 버텨라
그러면 보인단다

시소와 아이

자전거 안장에 아들을 태우고
놀이터 간다

타이어를 빗댄 시소
기울어져 멈춰 서 있다
엉덩이 걸쳐 앉으니
순간 쑥 내려간다

아무도 받쳐주지 않아도
아들의 온기가 살아나 올라온다
자리 잡지 못한 기억 속의 침묵
으깨어져 수평을 잡아준다

평평한 시소의 양음(陽陰)
온기와 냉기
허방과 실재
소란과 고요
하늘과 땅 그 사이의 나
받침이 되어 아이를 키웠다

잘 자란 두 아이
흔들리는 나를 잡아준다

아들이 서울에서 와
차를 태워 부산까지 간다

수평을 잡아주는 완전한 날이다

외증조할머니

겹겹이 쌓여 몇 년 묵은 초가집 지붕

이엉을 엮어 단장하고 용구새 얹어질 때
쥐들과 참새들이 살았던 움푹 패인 구멍이
발견됐다

겨울밤 후끈후끈한 사랑방에서
빈대떡 먹다가 삼촌들이
새 잡으러 간다고 해 졸래졸래 나섰다

뒤꼍의 지붕에 난 구멍을 찾아
플래시를 비추니 참새가 호로록 날아간다
한겨울 늦은 밤 어디로 갔을까
참 잘 도망갔다

참새 잡던 플래시 부뚜막에 켜놓고
고쿠락에 숨겨둔 고구마를 찾아 먹었다
따뜻한 이부자리에 목만 내놓고 먹던 군고구마
버석대던 문고리도 녹였다

부뚜막에 켜놓은 플래시 불, 입으로 호호 불던
외증조할머니
안 꺼지자 바가지로 덮어놓고 들어가셨다
다음날 아침 배터리가 다 닳은 플래시
가마솥 뒤에 뒹굴고 있었다

그다음 날에 할머니는 영영 일어나지 못했다
바깥마당에는 참나무 장작이
불씨를 당겨 활활 타오르고

따듯한 아랫목에 플래시처럼 불이 꺼져
딱딱해지는 화석이 되어 가고 있었다
생의 건전지는 다 닳아 없어지고

정월 열나흘 달

오곡밥 아홉 사발 먹고
나무 아홉 짐을 해오라던 할머니

골방 술 단지 솜이불로 폭 싸고
애지중지 우려냈던
용수에 모인 맑은 술
뽀골뽀골 올라오는 숨소리 들린다

단지에서 한 사발 떠
귀 어둠을 걷어내 밝게 해준다는
동동주 한 잔 주신다

뉴스 같지 않은 뉴스로 귀를 더럽힌다고
여름 내내 더위 물러가라고
딱딱한 호두와 밤 소리 나게 씹어
귀신을 쫓아내라고
머리에 부스럼 나지 말라고

자고 있는 베갯머리 맡에
밤과 호두 그리고 동동주를 슬쩍 놓고
봉당에서 둥근 달 보고 합장하신다

온몸 내놓고
할머니를 바라보던 달
베갯머리에 응신으로 남아
날 따라 다닌다

시모노세키와 요노모 새끼

— 2024.02.15. 시모노세키에서

독일어 시간 막대기 들고
밀문을 박차고 들어오는 선생님
—조용히 해
—요놈, 독일어 알파벳 안 외웠지
의지를 만들어 주던 회초리

몰라도 좋아 사랑 시 한 편만 외워
—이히 리베 디히 이버 알렌 기페른 이스트 루……
—요노모 새끼, 안 외웠나?
꽝 칠판을 두들기며 빤히 보는 나에게
—너 한번 외워 봐

요동반도와 대만을 일본에 넘겨준다는
청은 조선의 독립을 인정하고
일본은 조선에 대한 지배권을 갖는
시모노세키 조약(下關條約)* 체결
부산 마산 쪽을 바라보니 울분의 파도가 밀려온다

요노모 새끼 일본놈
풍장 치며 겁주던 말, 몸집이 커지니 그게 보인다
나라가 부강해지니 또 다른 그것이 보인다
시모노세키에서 일본학자와 이야기할 때
그 부당함을 다시 한번 들었다

*청·일전쟁 전후 처리를 위해 1895년 청국과 일본이 일본 시모노
세키에서 체결한 강화조약

봄의 중간 마디

장독대에 흩어진 송홧가루

내리는 빗줄기 따라
자국이 점점 커진다

쓸어낸 송홧가루
수돗가에 노랗게 모여있다

여행 간 날에 찾아든 꽃뱀
함박꽃 흔들면서
주인 없는 것을 아는지
슬그머니 몸을 감춘다

뱀이 지나간 봄길 따라
빗방울이 지나간다

겨울을 거두는

쫄쫄 흐르다 고여 있는
나지막한 웅덩이에
외눈박이 개구리알들이
두리번거리고 있다

도란도란 이야기하는 꽃다지와 냉이
습습한 논배미 언덕에 모자 쓰고 올라온 머위
후미진 논두렁에 살포시 퍼져있는 벌금자리

둥그나무 그늘 속에 둘러앉은
덕자와 의진이 상옥이
소쿠리 속에 납작한 창칼과 봄나물을 넣고
따스한 햇살을 부른다

코찔찔이 준영이와 또익이 좋아하던 미순이 누나
서울서 울산서 광양에서
이제 막 피어나는 봄나물꽃을 보고 있을까

봄날의 밥상을 한꺼번에 받고
겨울을 거두고 있을까

장구봉이를 만났다

가경동 짜글이 찌갯집에서
제자 장구봉이를 만났다

LG산전 다니다가 교육공무원으로 임용되어
호젓한 도심 속의 공간
풀씨 찾아 장구봉에 올라왔다고

맥질한 담벼락에 기웃거리는 무인카메라
소리 없이 돌아가는 날
짝꿍 심장부의 울림을 듣던 장소란다

산마루에 올라 벤치에 귀를 대며 그를 찾던
박새 한 마리 누런 솔가지에 숨어
고꾸라지듯 내리쏟던 날

두 입술의 열림으로
이빨이 보이는
사람에게 사랑을 배웠다고

날이 어두워지니
장구봉이 어서 내려가자고 한다
내일 만나 입술을 열고 이빨을 보이자고

짜글이 먹는 장구봉이를 한동안 바라본다
이십여 년 전 그때가 재미있었다고

도끼 맞은 소나무

공림사 뒷산 소나무
밑뿌리에 깊은 상처가 나 있다
태평양 전쟁 물자 조달차
도끼에 찍힌 송진 채취의 흔적이란다

진을 쏟아내던 자국이 딱지로 아물어
세월 감에 몇 차례 떼어져
새살 다시 돋아나 그 부위가 오목하다

매초롬한 살갗 속 푹 파인 상처
얼마나 아팠을까

누군가에 불 밝혀 한 사람 죽이고 후회했을까
몸을 벗고 주었던 피 역사의 혈흔으로 남아
목숨만 지키고 연명하느라
주사를 맞고 솔잎혹파리 치명타로
오로지 치유하는 몫으로 살아왔다
마음껏 덩치를 키우면서 솔바람조차 못 만들었다

이끼도 끌어들여 더불어 살자고 맹세했는지
평온해진 바람소리 들으며
과거를 물어도 대답 없이
묵은 머리칼 툭툭 떨구며

묵묵히 기도하듯 그때의 상처를 간직한 소나무
산새들 노랫소리만 가져온다

기울기

턱 걸터앉았다
콰당 소리로 대답한다
한쪽으로 기울어져서
살그머니 일어나니 제자리 찾는다

보이지 않는 누군가
아침 고요에 마지막까지 앉아
떠나간 기억의 침묵을 지키며
답을 기다린다

기울 것도 기울어질 아무것도 없는
딱딱하게 굳어 움직이지 않는
고장 난 시소

땅에 떨어진 것들의 기울기로 남아
제자리 잡지 못하는

퇴직한 날들의 기울기
이럴까 저럴까
떠나감이 없는 제자리 지킴이다

눈사람

홀러덩 벗겨진 민둥머리
팔자로 솟은 눈썹
그 사이의 매부리코
검댕이 입술

양지바른 처마로 들어가라니
아프다 말하지 않고
뾰로통하다

왜 그랬을까 피로에 절어
기미가 낀 채로 말라만 간다

살을 에는 듯한 추위를 만나
사는 듯하더니
생존의 쓰라린 속마음
훈풍을 만나 여위었나 보다
나 어떻게 살아갈까

훈풍만 좋은 것이 아냐
살던 그 환경이 기다리는
그곳으로 가자

3부

발품의 이력

소쩍새

새 한 마리 날아간다

둥그런 밥상에

소
쩍
소
쩍

떨어진다

대낮인데

날개 잃은 그림자

땅에 끌린다

종소리

교회에 같이 가자던
영란이가 밀고 들어간 삽짝 너머
삽살개 짖는다

나오라는 종소리 마다하고
헝클어진 머리 가다듬고 있나

가슴이 조마조마했다

살짝 기다렸다는 듯
엄친의 기침소리 유난히 심하다

휘파람 불어도 미동도 없는 창문
영란을 향한 종소리 계속 울린다

교회에 가지 못하고 삽짝에서
강아지 달래며 기다려도
영란은 나오질 않고 달빛만이 흘러간다

예배가 끝났다
밝게 빛나던 별만 떨어진다

온다던 사람 안 오고

약속의 장소로 온다던 봄은
싸늘한 웃음이었습니다

수영장 옆의 광장
바람이 분수대를 감싸 안고
분홍빛의 철쭉만이 고개 들어 기다립니다

하르르 흩어져 사라지는
이팝나무처럼 하얗게 변했습니다

수목원의 버스킹
서로가 서로를 알게 하는 만남
다짐을 받았는데 이빨 빠진 봄의 공연은
청심(淸心) 속의 청심(靑心)으로 퍼져갔습니다

기다려도 오지 않는 만남
과정과 절차가 있는 법이라 우겨도
끝에 가봐야 아는 일

만남의 뒤에는 품어주는
누군가의 땀이 있어야 다시 모인다고
빈 바구니 말만 내놓고

누구나 다 깨어지는 만남도 이끌어가는 만남도
있게 마련입니다
청심(淸心)으로 흘러갑니다

생명의 파장

만삭의 어미 소 출산 날
아버지는 등불을 켜고 소고삐를 늘려주었다

커다란 눈 부릅뜨고 어둠을 지켜보며
뒤돌아서 보금자리를 오목하게 마련하는 어미

양수를 쏟아내더니만 털 젖은 송아지가 눈을 떴다
혀로 귀 눈 코 겨드랑이 사타구니를
핥아 털을 세웠다
혀에서 나온 불의 파장이
젖은 비린내의 어둠을 내몰았는지
세상으로 나오자 곧바로 무릎을 세워
넘어질 듯 일어나 음매, 제 어미를 알아본다

20세 전후의 기대 수명
짧고 굵은 생의 파장으로 인간을 위해 마감하는
90세 전후의 기대 수명
아동 청년기를 오래 갖는 가늘고 긴 생의 파장으로
살아가는 사람

丿(사람)과 乀(사람)이 기대며
어떤 파장이 옳고 그른지 살아가는 자만이 안다
지지고 볶으며 안팎을 훑어내며 살다 간 생명들
침묵 속에서 편히 쉬고 싶은 것은
탄생 과정이 고통으로 남아있기에

벌떡 일어나는 송아지가
밀도 높은 생의 파장을 위해
어미의 품으로 파고드는가?

철도 박물관을 가다

곰방대 빨던 할아버지 툇마루에 앉아
철마 소리 듣고는
긴 담뱃대의 댓진을 긁어내고 있다

바지를 걷어 올리며 긴 수염을 만진다
철마가 사람 잡는다고 툭툭 재를 털며
망할 징조라고 하던 날

집 크기의 상자 속에
석탄을 싣고 칙 칙 푹 푹
쌩하는 소리의 쓰나미를 몰고 온다

기타큐슈 인터체인지 지나면
바로 모지코 역 철도박물관이다

어디서 본 듯한 역사(驛舍), 서울인 듯
치욕의 역사를 들어 올린다
할아버지 대꼬바리에서 나온 궐련의 연기
철마의 화통에서 나오는 적운처럼 피어오른다

수 세기 이동수단을 이끌어 왔던 철마
그의 외관을 걷어낸 불황의 늪
아자 아자
벗어나자
반도체 강국 대한민국이 아닌가
박물관은 말하고 있다

송강정사를 찾아

송강정사 찾아가니 보이는 건
두껍게 덮인 눈

소나무는 땅에 엎드려
읍소하고 있다
하얀 눈에 짓눌린 가사와 시조들을 업고서

소나무 사이 쌓인 눈 속에
사미인곡이 보인다
—이 몸이 태어날 때 임을 따라 태어나니
—한평생 연분임을 하늘이 모를 일이던가
눈송이 동자승 아내 사랑 귀띔한다

정송강사 입구 300m 전의 다리 위에
고라니 네 발자국이 묘소로 향해 나있다

—나 오로지 젊어 있고 임도 오로지 날 사랑하시니
—이 마음과 이 사랑 견줄 곳이 없구나*
위령을 앞세워 고라니가 대신 읽어준다

산천에 덮인 하얀 글자
드디어
까만 글자로 보이기 시작했다

*송강 정철의 사미인곡

모서리

믿거니 하고
밑도 끝도 없이 던진

한자리에서 떠나지 않다가
차창 밖으로
한 발짝 두 발짝 냉큼 걸어
획 돌아서서

이미 만들어진 모서리
다듬자니 화나서 화(禍)를 부를까
모서리, 차 안에 들어와
침묵으로 다듬어 간다

언제 금 가서
뾰족해질지 모르는

소리 없이 매끈하고 둥그렇게
던져버린 시간 속에

장독을 눌러놓은
깨진 몽돌이 되어 나오려나

청국장 1

침이 마중 나온다
추석이면

햇콩으로 만든 청국장
밝은 표정의
어머니 목소리 들린다

여기저기서 온 일가친척들
대가족 위한 특별 반찬

난청으로 고생하시며
지난 이야기 소화하려
애쓰시는 어머니

붙잡고 싶은 순간들
지금 그 순간 더욱 그립다

청국장 2

가덕면 함말 동네에 된장 공장
수십 개 장독대 임자들이 있다

온 식구가 매달려
메주콩을 가마솥에 푹 익혀 절구통에 찧어
사각진 통 헝겊으로 싸고 힘주어 발로 밟아
네모 모양 만들어 낸다

짚으로 엮어 사랑채 후끈한 방에 매달아
마르면서 틈이 갈라진 메주에
피어난 곰팡이가 이로울 줄이야

나는 할아버지 발등을 밟으며
그 위에서 내 손을 잡아주며
―아가 따라 문 열어라
―베 짜는 구경 가자
흥얼거리며 노랫말 부르시던 날

내가 무슨 부귀영화를 보려고 이놈을 귀여워 하나
나 죽으면 올 거야? 물어보시던 할아버지

메주의 곰팡이처럼 피어나는 말은
지금의 청국장 맛이었다

곰소의 젓갈시장

광천면 야산 땅굴에
몇 해 잠자고 나왔다는 조개
드럼통 속에서 뽀글뽀글 방울소리를 낸다

간택을 기다렸다는 듯
홀라당 벗은 몸매 내보이고
투박하게 한마디한다
―이 몸 보려고 여길 오는 거지?
―입맛 당길 거야

틈을 비집고 들어간 발 빠른 관광객
국자에 조개젓갈 하나 담아
하품하듯 크게 벌려 입에 넣고서

―암 첩보다 조강지처가 훨 좋지
―요즈음 것들 숙성된 그윽한 맛을 모르나 봐
―그냥 하는 소리가 아녀

―졸혼, 황혼 이혼이니 그런 것이 왜 필요해?
―제대로 숙성이 안 돼서 그렇지 뭐

오랫동안 땅속 그늘에서 속내를 삭힌 젓갈

조강지처 맛이다

진천 농다리에 들어서며

1.
다리가 많다
지네가 산다
습지를 찾아 먹이 찾듯

물길을 차오른다
기차소리가 난다
삑~ 내뿜는 구름 피어난다
초등학교 운동회 때
솜 과자 굴리는 물소리다

물살 여울에
거슬러 올라오는 피라미가
돌다리 사이를 지나는 아이
가랑이가 작다고 너스레 떤다

자드락길에 퍼진 미선나무 향기
돌 틈바구니에서 나를 배웅한다

2.
돌다리 건너보이는 길
저수지 파란 초롱길
능암정 빨간 등산길
하천 따라 노란 둘레길
참 많다

하루 걷는 길 벅차다
엉덩이 근육과 왼쪽 관절이
이리저리 눈치만 본다

봄의 소리를 깎아 대패질하는
박새 울음소리가 높다

무소식의 변

방 안에서 숨을 쉰다
방 밖에서도 숨을 쉰다
방이라는 테두리가 경계다

무소식이 방 안에 있다
희소식은 방 밖에 있다

육신만 지키려는 나
미움이 방 밖에 생겨났다

나가지 말아야 할 것을
전화도 하지 말아야 할 것을
궁금증이 방 안으로 들어올 때면
방 밖으로 나가고 싶은 충동이 하늘을 찌른다

소식 없는 것이 소식이다

방 안에서 방 밖을 보며 숨을 쉰다
희소식을 기다리며

지리 시간

지리 선생님이 코를 후빈다
엄지와 검지 사이에 놓인 코딱지

내 하얀 공책 위에 톡 떨어졌다
그것도 모르고 선생님은 열변이다

나는 지리 공부가 지리해서
콧구멍을 후빈다

코딱지를 또르르 말아
교탁을 향해
톡 던진다

무심천의 일기

1.
롤러스케이트장 언덕에 세워져 있는
남석교 다리 모형
흘러가는 바람을 등진다

수선화를 바라보는 벚나무들
꽃비를 언제 뿌렸던가

유모차 끌고 가는 사십 대 맘
헬멧 쓰고 뒷짐지며 굴러가는 스케이트
봄을 구르며 달리는 사이클
온몸 돌리기 하는 노인
보는 일이 바쁘다

무심천변 계단에 앉아 있노라니
생기가 돈다
꿈속의 여인이 곧 찾아올 것 같다

2.
목련꽃과 개나리 벚꽃이 순서 없이
여기저기 일제히 피었다
모두가 급하게 여름으로 몰고 가려는지
반항처럼 느닷없이 피는 꽃이 많아졌다

금 그어지다 만 달고나처럼
금에 손을 대면
쉽게 부서지는 가벼움
화사한 꽃잔디로 봄을 무시한 채
얼른 여름으로 건너뛰게 하나

빨리 다가온다 뜨거운 햇살이
봄의 양기를 빨아들이며

발품의 이력

묵은 것은 빨리 없애고 순환시키자고

이력서에 한 줄 더해가는 날
부스스 일어나 꼼지락거리는
출근의 이력
발품을 팔아야 한다

늘어만 가는 행적
나를 장식하려는 잠재적 의지
파르르 떠는 잎새를 간직하는
자존심으로 헤매는
한 줄의 이력서

조합장 이력을 보니 동문은 없다
잘난 놈은 고향을 떠나 서울에 둥지 틀고
지역의 쏠림으로 밀물이 판치는 나부랭이
모두가 지역을 지키는 버팀목이 없이
한갓지게 방구석에서
고양이 쥐잡기 놀이를 한다

명예는 무일푼의 대가
돌아갈 사람에게
주는 큰 틀의 선택

나의 이름표

청주에서 태어나 가운데가 청(淸)
돌림자인 호(浩)
청주를 떠나지 말라고
아버지께서 주신 나의 이름

열 살이 넘어서 이름을 풀어 보니
액이 껴서 수시로 병치레한다고
한지에 붉은 음각의 도장 자국
신(申) 성(成) 호(浩)
교복 주머니에 꼭 넣고 다니라던 어머니

대기만성의 성(成)자를 작명가한테 받아온 날
꼬쟁이 속주머니에서 꺼내시며
백자사발 물 한 그릇 떠 놓고
빌던 그 이름

문장가가 되라는 엄마의 서원(誓願)이
나에게 당도하자 미신 같은 이름 싫다고
언짢은 태도로 부적을 던져버렸다

절하며 보여주는 부담이 다가와
반항하며 청승(淸勝)이라 하였다
'청호는 무엇이든 승리한다'고

소소한 꿈으로 이루어지는 것이 이기는 것이라고

조치원 이모할머니가 왔다 간 뒤로
청승(淸僧)이란 사람이 나와
청승(淸勝)으로 이름을 지어
할아버지의 귀여움을 산다고 믿어
내 스스로의 싸움에 이겼다고

지금도 가족들은 '청승맞다'고 놀리지만
이순이 넘은 이 나이에
그래서인지 소소한 꿈을 이루며
도도하게 청주서 살아간다고

봄을 부를까

너는 아니
왜 봄이 꼬리치며
물결 타고 오는지

햇빛이 봄을 부르고 있나 봐

꽃비가 팔랑팔랑
꽃 마음이 살랑살랑
꽃 내음이 간질간질

내 마음을 술렁이게 하기 때문이지

꽃이 내가 되니까

4부

잠시 비운 날

잠시 비운 날

베란다 빨래걸이에
보이는 여자 옷

꽃무늬 바지 빨간 티셔츠
알록달록 원피스가 거꾸로 매달려 있다
벽에 낀
그림자가 그 옷을 입고 있다

나는 보고 있다
꽃무늬 바지에 티셔츠 입고
원피스를 걸친
그림자 속의 당신

당신 없는 허공에서
나를 밀어낸 옷들만 보고

나는 그냥 웃는다
『25시』*의 주인공 모리츠처럼

*루마니아의 작가 게오르규의 장편소설

마네킹의 패션

빡빡머리에 네모진 뿔테안경
아이보리색의 통바지에
검정 후드 티셔츠 입고

겨울에 보지 못했던
새로운 옷매무새 반쯤 접어들고는
훈풍을 주머니에 넣고 만지작거린다

작년에 요긴하게 입었던 오리털 잠바
그냥 추위에 입으면 되지
굳이 바꿔 입어야 되나?

그것도 한때라고 그 한마디
한때 아닌 것이 없다고

그 한때가
유행이라는 돌림병에 감염되는 것이라고
입구에서 마네킹이 웃는다

니나랑펜션에 가서

누웠다가 앉았다가 일어나서
옷을 챙긴다
오줌보의 눈금이 올라가는데
종아리가 살살 쑤신다 골반이 욱신거린다

기운! 힘을 준다
입을 앙다물고 한 다리씩 소파에 올려
세 시도 만들고 아홉 시도 만든다

해맞이 니나랑펜션 창가
검은 커튼 무대에
바람에 감전된 구름이 파도에 밀려와
쏴아~ 철썩 철썩

쏟아지는 빛줄기가
동해 끝에서 귀를 잡아당긴다
덜커덩, 가슴에서 환호를 꺼낸다
'해에게서 소년에게'가 들려온다

빨갛게 쏘옥 올라온 마그마
줌으로 잡아당길 수만 있다면

폭죽을 터뜨리며
바다에 발을 담가 아프단 소리 내지 않고
넉넉한 마음으로 해를 담아본다

청승맞은 부채

행랑채 앞 그늘진 들마루에서
할아버지는 목침을 베고
한 손은 접부채로 또 한 손은 단선을 들고
코 골다 잠이 깰 때까지 부채질하신다

파리의 간지러움에 잠 깬 할아버지
누나를 부르고 누나는 나를 불러
파리 좀 같이 쫓아내자고 한다

나와 누나는 부채로 바람내기 시합을 한다
바람 잘나는 건
접부채가 아니라 단선이었다

'청승(淸勝)'이라고 단선에
큰 글자 써넣고 내 것이라고 했다

내 부채로 할아버지 더위 식혀주는 일로
나는 칭찬을 받고 누나는 꾸지람을 받았다
누나는 엉엉 울었다

지금도 청승에 한 방 맞은 자기라고
가끔 부채를 보면
찢어진 부챗살에서 청승이 보인다고

헷갈리다 1

교실 칠판 위
네모진 액자 속 세 낱말

[근면 성실 정직]
나보고 부지런하라는 말인가

도안에서 청주로 기차 통학하는 재영
맨날 지각한다
엄마가 밥 늦게 해주고 달리기도 못하는 데다
기차가 연착해서 학교에 늦게 도착하였다고

회초리로 손바닥 맞은 날
네모 속의 글자를 가리키며
―크게 읽어봐, 지키고 있지?
―네
라고 하니
―종아리 걷어
하며 또 매 맞았다

억울하다 내 성의를 다해
거짓 없이 대답한 것인데
아직도 왜 맞았는지 모른단다

창밖의 플라타너스 방울이
흔들리며 나를 보고 있다

헷갈리다 2

누구나 다 안다
어떻게 하는 것인지
학생도 부모도 선생님도

부지런히 상황 규칙을 만들어
지켜야 자기관리가 편할까

논바닥에 떨어진 벼 이삭 줍는 일이
성실하다는 이야기일까

모두가 공부해서 판사 검사 되라는
법조문만 외웠지 그 이하는 몰랐다

법에 어둡던 까막눈 뜨니
성실하게 일하는 근로자만이 등신 취급받는
국민을 핍박하는 내로남불에
근면 성실하라는 것일까

정직하면 오히려
박탈감을 느끼는 빈곤한 사회

액자 속의 네모가 뒤집어지고 있다
헷갈린다

허세의 변

왜 이리 곱씹을까 무심코 던진 말을
굽어진 소나무는 굽었다고 말을 않는데
굽어진 마음은 조금의 충격으로도
붉으락푸르락 날개를 편다

자기과시 하는, 보잘것없다고 시부렁대며
장닭이 홰를 치며 불러 모으려는 말소리
개 같은 소리

암탉은 소리 신경 안 쓰고 음식 준비한다
말해 놓고 숙연해지는 작은 장닭
껄끄러운 교감을 멀리하고서
다시는
사람의 소리를 사람의 소리로
개의 소리를 개의 소리로 보는
훈련을 해야 한단다

꼬랑지 달린 자존이 지존을 세우며
얌전하게 수그러지는 수컷 공작새의 꼬리
엄청난 힘을 주고 피어나는 커다란 원이다

본래의 마음으로 가는
보여주기 식의 행동이던가

허세가 허세를 낳는 군림하는 속성이다

제자리 찾기

어항 속 구피가 무언가 찾아 나선다 아래로 옆으로 요
리조리 꼬리를 흔들며 잘도 놀더니 어항 속 그늘막에 숨
어 있다 밖을 보며 일어나지 않는다 물을 휘젓는다 물결
따라 역주행하는 구피 중 한 놈은 몸 일으켜 세우려는 의
지가 없는지 물결 따라 그냥 쏠려간다

발목이 녹고 무릎이 녹고 결국에 몸져눕더니 칸막이에
붙어있다 한 놈은 주위를 맴돌다 떠나고 다른 놈은 맴돌
며 자리를 지킨다 같이 놀던 품속을 떠나버린 그는 그리
운 것의 영혼을 지켜내며 아파했어야 했다 싸늘한 육체
는 그들을 키워내기 위한 먹잇감이었다 산산이 부서져 흩
어진 먹잇감으로 아직 거두지 못한 숨을 붙잡는 방편으
로 남아있어야 했다

칸막이 없던 시절 거침없이 한라산 백록담 지리산 천황
봉도 백두산 천지도 나돌아다녔다 족적을 따라다니는 새
로운 칸막이 그림자가 이 몸을 꽉 붙드니 어항 속의 그
늘막에서 영혼을 불러들여 가슴속에 얼굴을 묻고 구피의
이름을 불러본다

노송

뿌리가 바위틈을 비집고 나와
어찌 저렇게 버티었을까

발이 시린 채 버틴 세월

문지르고 또 문질러 아픔을 녹여내는
80세 누님처럼
세월의 마사지로 버티며 간다

뼈와 뼈 사이
어깨 날개와 등뼈 사이로 바람이 들어
겉으로 보기에 문제가 없어 보이지만
노송만이 안다

풍찬노숙의 고통을

양달산에서

아래쪽에 할아버지 산소
위쪽은 증조할아버지 산소

동네 아이들 편을 갈라 진을 치고
산소 꼭대기에 태극기 꽂고
육박전으로 상대편의 태극기를 빼앗는 놀이다
이긴 팀은 깃발을 들고
동네 고샅을 누빈다

산소의 잔디가 누렇게 죽었다
―너희 조상 산소를 막 밟으면 좋으냐
아버지한테 꾸중을 들었던 아이들
그땐 그래도 좋았는데

지금은 감히 생각지도 못한다
산소가 바람 타고 청룡리 납골당으로
들어간 깜깜한 밤중이다

지금 할아버지는
뒷짐진 채 하늘만 올려다보는 것 같다

형은 나를 닮았네

이장들 모임에 나타난 승동이
느닷없이 반말한다
―자네 행정국민학교 졸업한 갑동이 아녀?

수다 떨며 자리를 지키던 성미기 이장님
―아닌데유 갑동이는 제 형인데유

자글자글 주름진 승동이 멈칫하더니
―한마디로 판박이구만
  갑동이는 내 동창인데 반말해도 되지

이후로 내내 반말이다

지게를 지우다

다랭이논 모 심는 날
소쿠리에 얹은 모판이
써레질한 논바닥에 떨어졌다

꼬맹이에게 지게를 지운 할아버지
소쿠리 짐의 균형을 잘 잡고
작대기 도움으로 일어나야지 하신다

언제 커서 지게를 제대로 지려나
삶의 무게가 점점 짓누를 텐데
쯔쯧, 혀를 찬다

─아가, 저 아저씨 좀 봐,
  소쿠리에 모판과 모짐 가득 싣고
  좁은 논길에서
  소(牛)도 잘 몰고 가잖아
  작대기도 없이

한참 가다가 언덕길 위에
작대기 받쳐놓고 땀을 식힌다

작대기로 균형을 잡고 쉬는 그 방법
허벅지의 근육을 키워가며 익혔으리라

할아버지는 손자 앞날을 걱정하셨다

칭찬은 솥뚜껑처럼

밥 준비 하나도 없이
떡 하니 바라보고
말로만 시키는 엄니

식사를 차리면
보행기 지팡이를 짚고
간신히 식탁에 앉아

생선 가시 잘 발라 먹으라 하시며
엄니는 생선찜을 잡수신다

아끼고 남은 피자 한 덩이
―어이 먹어
　어서 먹어
먹는 말 내내 하신다
식사 중에

또박 또박 글로 써서
―이젠 그만
반복적인 말에 솥뚜껑 열린다

그러더니
ㅡ너 장가 잘 들었어
　그 애는 똥도 버리기 아까운 애여
　그 애한테 잘햐
하시며 웃으신다

나도 웃는다
솥뚜껑이 닫힌다

손 내밀면 닿을 듯

경기도 여주시 강천면
내가 살아 숨 쉬는 공간에 괴테가 왔다

전영애 할머니는 괴테와 사십여 년 살아봤더니
정년 후의 거주지 여백서원도 생기고
이층집인 허름한 괴테하우스도 생겼단다
또 바르게 살아가며 손을 내미니
꿈에 그리던 여백서원
그 꿈을 실현하기에 너무 늙었고
스스로 포기하기에는
너무 아깝게 느껴지는 날들이란다

미미한 들꽃들 엮어 가며
아니 숲길을 조성하며
여백(餘白)의 여백(如白)으로
실족 없이 살아온 날들

병풍같이 써 내려온 어머니의 시(詩)를 만지며
아버지가 좋아하는 석등 옆에
노란 개나리를 심어
어릴 때 사랑을 불러들여
마지막 실족에서 물러서게 하는 것을

괴테와 살면서 찾은 것은
─어머니의 날개와 아버지의 뿌리
    붙들어 매지 말고 날아갈 수 있는
    힘을 가져야 한다는 말씀을

거친 손을 내밀며
여태까지 이렇게 살았어요 하는 천진한 모습을
꼭 담고 싶었다.

소화불량

땅에서 새가 찍찍 운다
하늘에서 쥐가 깍깍 운다

나는 하늘과 땅 사이 서서
땅과 하늘을 바라보며
장에서 꾸룩꾸룩 소리를 듣는다

장 속에 들어온 새와 쥐
나오려고 발버둥친다
찍찍 깍깍 장이 뒤틀린다

하늘 보고 땅에서 걷는 나
장 속의 장벽에 엉킨다
혼돈이다

어젯밤에 먹은 오래된 반찬이
해우소에 가서 내려보내라 한다

시래기

처마의 그늘에 축 처진 몸으로
신열을 품었다

시퍼런 잎새마다 촘촘한 주름

쪼글쪼글 골이 진
배배 틀어진 몸을 곧추세워

시간의 중심을 지켜내며
멀리 산자락을 붙들고

동토의 화신으로 남아
물속에 들어갈 날들 기다리고 있다

자아체험, 기억과 망각의 변주

손희락

(시인·문학평론가)

1. 가문과 이름, 통제된 존재의식

시인 신청호의 삶을 유추하면 고뇌와 긴장이 감지된다. 진즉 유일성(oneness)의 생명임을 깨우친 것 같다. 생에서 인생관 구축기는 중요하다. 존재의 뿌리인 거대한 가문과 자기 이름에 오점 찍을까 경계하여 의식과 행동을 통제한다. 시인의 명찰을 패용한 계기는 존재적 가치와 소명의식 때문이다. 대학에선 젊은 학생들과 세상 학문을 공유했지만, 문단 데뷔 후엔 모든 인간을 대상으로 대화를 시도한다. 강의자료 대신, 보고, 듣고, 기억해 낸 자아체험을 변주하여 다가선다. 과거와 현재를 왕래하는 사물관찰법은 특이하다. 흘러간 사건, 낯선 사물과 반복적으로 대화하며 상생의 진리를 채굴한다. 그의 언어 속엔 남다른 시각과 감각, 독자적 기법이 내포되었다. 시의 언어는 응축(凝縮)이라는 언어경제학을 동원해야 하지만, 일상의 사건을 언어로 조탁, 연마해서 진리적 보석으로 가공하기

도 한다. 신청호의 시는 언어가 풀어진 듯하지만, 메시지
는 응축되는 특징을 보인다. 그의 시를 음미하다 보면 과
거의 삶을 반성하면서 현재의 삶을 정위(正位)시킨다. 이
젠 정신 차려 살아야겠다는 결심을 갖게 한다. 시인의 기
억과 독자의 기억이 일치되는 공감대 때문이다.

청주에서 태어나 가운데가 청(淸)
돌림자인 호(浩)
청주를 떠나지 말라고
아버지께서 주신 나의 이름

열 살이 넘어서 이름을 풀어 보니
액이 껴서 수시로 병치레한다고
한지에 붉은 음각의 도장 자국
신(申) 성(成) 호(浩)
교복 주머니에 꼭 넣고 다니라던 어머니

대기만성에 성(成)자를 작명가한테 받아온 날
꼬쟁이 속주머니에서 꺼내시며
백자사발 물 한 그릇 떠 놓고
빌던 그 이름

문장가가 되라는 엄마의 서원(誓願)이
나에게 당도하자 미신 같은 이름 싫다고

언짢은 태도로 부적을 던져버렸다

절하며 보여주는 부담이 다가와
반항하며 청승(淸勝)이라 하였다
'청호는 무엇이든 승리한다'고

소소한 꿈으로 이루어지는 것이 이기는 것이라고

조치원 이모할머니가 왔다 간 뒤로
청승(淸僧)이란 사람이 나와
청승(淸勝)으로 이름을 지어
할아버지의 귀여움을 산다고 믿어
내 스스로의 싸움에 이겼다고

지금도 가족들은 '청승맞다'고 놀리지만
이순이 넘은 이 나이에
그래서인지 소소한 꿈을 이루며
도도하게 청주서 살아간다고

— 「나의 이름표」 전문

　7연 29행으로 짜인 장시다. 이름표에 대한 내역은 시로
표현하기 어려운 부분이지만, 가문의 부각과 존재적 가
치를 상승시킨다. 이 시는 이름을 획득한 과정을 진술하
기보단, 이름에 부끄럽지 않기 위해 몸부림친 고뇌가 녹

아 있다. 시인은 연금술사답게 윗대 조상들을 동원하여 이미지를 구축한다. 조상으로부터 존재적 가치를 물려받았지만, 실패할 수도 있고, 성공할 수도 있는 삶이다. 성공과 실패를 결정짓는 것은 자신이다. 통념상, 한 존재의 가치는 그의 직업으로 평가받는다. 직업을 오큐페이션(occupation)이라 한다. 한 영역을 점령한다는 의미이다. 어느 날, 시인은 한국문단에 데뷔한다. 일반적으로 문단 신고식을 치른 후엔 자동 도태되는 과정을 거치는데, 그는 살아남았다. 열정적으로 시를 쓰고 시집을 묶는다. 신청호의 시 세계는 자아체험이 주류를 이룬다. 대뇌 속 기억의 파편들과 언어의 결합이다. 중층의 의미가 함의된 그의 시는 문학적 변주를 거쳐 완성된다. 시의 메시지는 독자의 삶에 영향을 끼친다. 이 시의 출발점, 나는 "청주에서 태어나 가운데가 청(淸)"이라 진술한다. 결론에서 나는 "도도하게 청주서 살아간다" 공개한다. 출생지와 현 거주지를 강조한 이유는 조상의 땅에서 '부끄럽게 살지 않았다'는 당당함으로 해석된다. 정명(正名), 자기 이름을 사수하는 책임의식, 이것만큼 값진 일은 없을 것이다.

애지중지 써 내려간 강의자료
정리하다 만 목록들
끈으로 묶어 책꽂이에서 내려진 책들

인터넷에 있다고

아내는 모두 버리라고 한다

컴퓨터 화면을 들여다보는 눈이
나날이 침침해지고
아직도 버리지 못한
아날로그의 흔적들

아내의 말이
나를 버린다는 말처럼
귀를 때린다

잠시 할 말을 잊고
창밖 하늘을 본다

어딘가
나를 건너간 무지개가
둥둥 떠다닐까 싶다

—「버려지다」 전문

   이순을 넘긴 시인의 눈은 낡았다. 삶보단 죽음 방향으로 점점 이동한다. 서재에 쌓인 강의자료들은 흘러간 삶의 원고들이다. 눈이 침침해진 남편의 건강을 염려한 아내는 이제 그만 "버리라" 강권한다. 5연에서 "창밖 하늘을 보는" 시인의 침묵과 대면한다. 아내의 말이 "자신을 버린다"는 의미로 들렸다. 능청스럽게 진술한다. 이런 침묵 모드는 호기심을 유발하여 독자를 흡입한다. 아내와의 대화 사건이었지만, 제삼자인 독자가 개입할 사유공간을 제공한다. 이번 시집의 표제는 『나를 건너간 무지개』라고 붙인다. 무지개는 아름답지만, 나를 건너갔다, 생을 스쳤다는 뜻이다. 시인은 자기 인생의 마지막을 장식할 영롱한 무지개가 '시(詩)'뿐이라고 인식한다. 인간의 의식을 흔들어 존재를 구원하는 유일한 기제임을 확신한다. 시인 릴케는 사라졌지만, 이름은 회자되고, 명시가 애송되듯이 나의 이름과 언어는 버려지지 않는다는 믿음을 갖는다. 교수에서 시인으로 호칭은 변화되었지만, 존재의 품격은 상승한다. 시간을 살아낸 자기 이름에 오점을 남기지 않으려 몸부림친 존재의식이 시에서 포착된다.

2. 유보와 구축, 상관성의 시적 언어

　신청호의 시학 그 원천은 자아체험이다. 수십 년 동안 보고 느낀 기억들을 진술하게 풀어 놓는다. 난해한 은유나 상징으로 시의 의미를 겹쳐 놓아 독자의 접근을 차단하지는 않는다. 언어적 소통과 교감을 위해 중층의 의미를 담아낸다. 대학 강단 생활보다 심적 고통과 긴장이 몇 배가 될 것 같다. 각 주제가 자아 생의 노출인 때문이다. 시인에겐 노련미보다 언어의 존재론적 위치가 중요하다. 시에는 심리적인 두 거리가 있다. ①부족한 거리 조정, ②

지나친 거리 조정이다. 격한 시적 감정과 교훈적 메시지를 조절하는 미적 조정에서 실패하면 언어적 방황이란 문제가 발생한다. 언어유희로 횡설수설하거나 시적 진실이 왜곡되기도 한다. 시의 독자는 시를 쓰지는 못하지만, 진실과 거짓을 구별하는 데 능하다. 고로 시인은 진실한 언어와 미적 거리 조정으로 소통에 나서야 독자의 사랑을 받는다. 화자의 시는 심리적 거리 조정에 성공한 탓에 매력을 발산한다. 사물과 사물, 사건과 사건을 자유롭게 변용시켜 메시지를 안착할 때도 시적 감정을 절제한다. 사물과 현상을 인식하는 직관력이 빼어난 시인이다.

뿌리가 바위틈을 비집고 나와
어찌 저렇게 버티었을까

발이 시린 채 버틴 세월

문지르고 또 문질러 아픔을 녹여내는
80세 누님처럼
세월의 마사지로 버티며 간다

뼈와 뼈 사이
어깨 날개와 등뼈 사이로 바람이 들어
겉으로 보기에 문제가 없어 보이지만
노송만이 안다

풍찬노숙의 고통을

—「노송」 전문

　시인은 노송을 주시하면서 "80세 누님"을 연상한다. 노
송은 눈앞에 서 있는 사물이지만, 사물의 이면을 탐색하
여 누님과 연결시킨다. 노송과 누님을 텍스트 안에서 묶
는 작업은 녹록지 않다. 마지막 연은 "풍찬노숙의 고통"
으로 마무리 짓는다. 노송과 누님의 결합은 노송과 모든
인간이 결합으로 그 의미가 확대된다. 척박한 땅에 뿌리
내린 채, 고통을 견디는 생존방식의 유사성 때문이다. "겉
으로 보기에 문제없어 보이지만 / 노송만이 안다"는 표현
으로 모든 인간을 위로하며 시의 독자를 수용한다. 사물
을 언어에 종속시키려는 작업이 성공하기 어렵지만, 이 시
는 결론에서 인간의 절망과 고통을 끌어안는다. "풍찬노
숙의 고통" 언어적 여운은 불특정 독자의 가슴에 닿아 시
의 의미를 찾도록 유도한다.

　상야리 삼거리에
　구부정한 어깨로
　아무 말 없이 앉아 있다

　어디서 왔습니까

왜 길가에 나와 계십니까 물으니
눈동자 파인 눈으로
나를 빤히 바라다본다
가슴이 뜨끔했다

내가 눈병 났을 때
벽에다 파인 눈을 그리고 나서
두 손 모아 빌었던
할머니가 보였다

합장하고 삼배하는 할머니가
응신(應身)으로
나를 바라보고 있다

                       —「상야리 돌하르방」 전문

  이 시의 발상은 경이롭다. "구부정한 어깨로 / 말없이 앉아 있는" 돌하르방을 주시하면서 말을 건다. "어디서 왔습니까" 묻는 장면은 흥미롭다. 이 부분에서 하르방은 입을 열어 교감하는 존재적 사물로 변신한다. 3연에서는 망각되지 않는 유년의 기억을 소환한다. '눈병 사건'이다. 눈병 사건의 소환은 추억의 변주이다. 돌하르방과 눈병 앓았던 자신을 동일시한다. 이런 언어적 배치나 결합을 보면 시적 기교는 농익었다. 인용시「노송」과「돌하르방」의 시적 전개는 의미 면에서 유사하다. 사물에 빗댄 시적 스타일이 탄탄하게 구축되었다. 삼거리 돌하르방은 "할머니"로 변신한다. 변용 과정에서 거부감은 전혀 없다. 상호 텍스트성 때문이다. 행간에서 변신시킨 이유는 시의 결론에 그 답이 있다. "응신"은 불교의 용어로 석가모니의 변화된 형태를 뜻한다. 시의 텍스트에서 돌하르방은 할머니가 되고, 합장 삼배하던 할머니는 석가모니의 화신이 된다. 사물을 중심으로 중층의 의미를 확대한다는 것은 상호 텍스트적 구조에서 가능하다. 이 시의 짜임을 보면 언술구조가 복잡하지도 않다.

3. 오랜 기억 속 삶의 본질 추적 ─ 시소게임

자전거 안장에 아들을 태우고
놀이터 간다

타이어를 빗댄 시소
기울어져 멈춰 서 있다
엉덩이 걸쳐 앉으니
순간 쑥 내려간다

아무도 받쳐주지 않아도
아들의 온기가 살아나 올라온다
자리 잡지 못한 기억 속의 침묵

으깨어져 수평을 잡아준다

평평한 시소의 양음(陽陰)
온기와 냉기
허방과 실재
소란과 고요
하늘과 땅 그 사이의 나
받침이 되어 아이를 키웠다

잘 자란 두 아이
흔들리는 나를 잡아준다

아들이 서울에서 와
차를 태워 부산까지 간다

수평을 잡아주는 완전한 날이다

—「시소와 아이」 전문

오랜 기억을 변용시킨 이 시는 자전거 안장에 아들을 태우고 가던 때를 기점으로 하여 장성한 아들이 운전하는 차를 타고 부산까지 가는 내용으로 마무리된다. 아버지와 아들이 탔던 "시소"는 오르내리며 움직인다. 시소의 움직임은 삶의 본질로 확대된다. 시인은 그 움직임을 양음(陽陰)으로 의식한다. 양음은 역학 영역의 표현으로 우

주를 운행하는 상반된 두 성질의 기운을 뜻한다. 5연에
서 시인은 장성한 아이들의 직업이나 소유자산을 소개하
지 않는다. 다만 양음의 원리 속에서 "두 아이가 잘 자랐
다" 소개한다. 아버지와 아들의 삶, 시소 양 끝에서 재현
된 이 시는 효용성이 클 것 같다. 이 시는 인생성공의 비
결을 공유한다. "수평잡기"이다. 어디서든 균형 잘 잡는
것이 성공의 지름길이라는 의미이다. 한쪽으로 기운 현실
에 매몰되어 절망하는 독자에겐 희망의 탈출구가 될 수
있을 것이다.

　턱 걸터앉았다
　쾅당 소리로 대답한다
　한쪽으로 기울어져서
　살그머니 일어나니 제자리 찾는다

　보이지 않는 누군가
　아침 고요에 마지막까지 앉아
　떠나간 기억의 침묵을 지키며
　답을 기다린다

　기울 것도 기울어질 아무것도 없는
　딱딱하게 굳어 움직이지 않는
　고장 난 시소

땅에 떨어진 것들의 기울기로 남아
제자리 잡지 못하는

퇴직한 날들의 기울기
이럴까 저럴까
떠나감이 없는 제자리 지킴이다

—「기울기」 전문

　이 시는 케케묵은 정황은 아니다. 삶을 엄습한 고장 난
"시소" 이야기다. "딱딱하게 굳어 고장 났다"는 표현은 퇴
직 정황을 부각시킨 진술이다. 삶의 본질은 시소처럼 역
동적으로 움직이다가 어느 순간엔 딱 멈춘다는 메시지는
진리에 가깝다. 시소로 인한 쾌락과 즐거움은 고장 났지
만, 아직 균형을 잡을 수 있다는 자의식은 흥미롭다. 아
들을 교육했던 아비의 심정과 동일한 감정이 느껴진다.
현시대 청년들을 바라보는 퇴직자의 인생의식이다. 「기
울기」는 자아 체험적 고백이다. 자신과 아들의 유토피아
적 인생의 함축이다. 멈춘다는 현실은 실존 문제이다. 실
존주의 사상가였던 사르트르는 '실존은 본질에 앞선다'
라고 말했다. 실존과 본질 사이의 고뇌는 모든 인간의 운
명이다. 시인은 불특정 다수의 독자에게 메시지를 전달한
다. 삶은 움직임과 멈춤의 반복·조화 속에 있다는 것이
다. 때와 시기는 다르지만, 인용한 두 작품은 "기울기"로
연결된다. 오르내림의 반복, 고장 난 멈춤, 시소 원리는

삶의 본질이다.

4. 생의 소멸로 흐르는 시간 — 사물과 현상에 대한 종소리

교회에 같이 가자던
영란이가 밀고 들어간 삽짝 너머
삽살개 짖는다

나오라는 종소리 마다하고
헝클어진 머리 가다듬고 있나

가슴이 조마조마했다

살짝 기다렸다는 듯
엄친의 기침소리 유난히 심하다

휘파람 불어도 미동도 없는 창문
영란을 향한 종소리 계속 울린다

교회에 가지 못하고 삽짝에서
강아지 달래며 기다려도
영란은 나오질 않고 달빛만이 흘러간다

예배가 끝났다
밝게 빛나던 별만 떨어진다

—「종소리」전문

유년의 기억을 재생한 시다. 어릴 적 한 소녀를 향한 가슴 속 종소리가 행간에서 울려 퍼진다. 그날, 집에 들어간 영란의 외출을 기다렸지만, 예배당 종소리만 들렸다. 예배가 끝나듯이 유년의 인연은 단절되고, 가슴 태우던 소년은 성장하여 중년의 모습으로 변모한다. 영란을 기다리던 시절로 회귀할 순 없겠지만, 그의 기억은 삽짝 앞을 서성인다. 추억 속 존재는 잊혀져 갔지만, 문학작품으로 재현 가능한 시인의 삶이 얼마나 행복한가? 이젠 화자의 시가 종소리다. 인생 시간을 알려주어 영원을 예비케 하는 종소리다. 그날의 영란은 시를 읽어줄 애독자로 변환된다. 생의 예배는 아직 끝나지 않았고, 언어적 종소리는 독자의 의식을 파고든다.

베란다 빨래걸이에
보이는 여자 옷

꽃무늬 바지 빨간 티셔츠
알록달록 원피스가 거꾸로 매달려 있다

벽에 낀
그림자가 그 옷을 입고 있다

나는 보고 있다
꽃무늬 바지에 티셔츠 입고
원피스를 걸친
그림자 속의 당신

—「잠시 비운 날」 부분

　망각, 단절, 되었던 녹슨 종소리는 아내를 만나 부부가
되면서 지속된다. 이 시는 직관적 작품이다. 베란다 옷걸
이에 걸린 원피스를 목도한 후, 아내가 그 옷을 입고 있
음을 체감하는 신비로운 정황이다. 꽃무늬 원피스와 아
내를 동일시한 시적 발상은 특이하다. 시인 신청호의 직
관력은 현실과 관념을 초월한다. 빨래가 마르는 현상을
목도한 후, 이런 시가 쓰였다는 것은 아내를 향한 사랑
의 깊이를 유추하게 한다. 아내는 부재중인데, 아내의 체
온과 목소리를 실제로 느낀다는 시적 정서는 특이하다.
시를 읽는 독자에게 감동의 선물이 될 것 같다. 부재와
실제가 구분되지 않는 탈-관념적 직관으로 시인은 시를
쓴다.

　욕심의 끝자락을

저만치에 두고 온 바람소리

서 있는 세상을 불러내며
그네를 탄다

보이는 것은 색(色)이요
보이지 않는 것은 공(空)이라고

잊은 듯 이어지는
풍경소리로

잠시 무명의 소리 찾아
먼 길 떠나본다

—「풍경소리」 전문

　이 시에서 시인은 풍경소리를 듣는다. 유년의 종소리
에서 중년의 풍경소리로 그의 시간은 흘러간다. 3연에서
"색과 공"에 대한 의미를 진술한다. 색과 공은 인생길을
이끌어가는 신기루 같은 것들이다. 인간은 색과 공의 중
간지점에서 탐욕적 그네 타는 삶을 살고 있다. 화자가 들
었다는 "풍경소리"는 퇴직 후의 소리이다. 동일한 사찰,
처마 끝 풍경이라도 퇴직 전에 들었던 소리와 퇴직 후에
듣는 소리는 상이하다. 시인은 풍경소리의 파장을 느끼면
서 쓸쓸한 웃음으로 하산한 것 같다. 소멸로 흐르는 시

간 속에서 포착되는 소리의 유형은 다양하다. 발아래 밟히는 낙엽 소리도 때와 시기에 따라 변음 되는 것이 인생이다. 시인의 감각은 섬세하고 예민하다. 사물과 현상에 대한 소리마저 그냥 흘려보내지 않는다. 소멸로 흐르는 소리 속에서 고요의 의미를 추적하여 독자와 공유하고픈 심정이 포착된다.

5. 마무리

두 눈이 침침하여 쓰던 글 멈추고
일그러진 얼굴을 거울 앞에 내놓고 기지개 켠다

사람은 그렇고 그런 것
그런 시를 쓰는 사람이라고 단정하면
거기까지다

─「거기까지다」 부분

시인은 눈의 피로 때문에 고통을 받고 있다. 어쩌면 침침한 상태보다 더 심각한지도 모른다. 하지만 최선을 다하여 시를 쓴다. 과거의 삶과 추억을 소환한 독백 형식의 변용이지만, 그의 시적 목소리는 진실하다. 시의 독자는 언어유희를 배제한 시적 진실에 공감할 것 같다. 좋은 시를 쓰고 싶은 욕망은 견고한 족쇄가 되어 영혼을 옥죄인다. "거기까지 쓰겠다"는 의지는 아름다운 욕망이다. "거기까지"라고 했지만, 그때가 언제인지는 아무도 모른다. 서정시로 말하는 방법에서 보고 느낀 체험적 사유는 중요하다. 화자의 언어는 자아 반성과 회환, 진리적 깨우침이 혼합되어 독자의 의식에 영향을 끼친다. 그의 시를 음미할 땐, 의미를 추적하는 새김질과 시적 상상력의 확대가 반드시 필요하다.

「도끼 맞은 소나무」, 「도꼬마리」, 「우수」, 「눈사람」, 「청국장 1」, 「곰소의 젓갈시장」, 「양달산에서」, 「허세의 변」, 「소화불량」, 「헷갈리다 1·2」, 「소쩍새」 외에도 다양한 작품들이 새로운 맛과 향으로 심적 허기를 해소해 줄 것 같다. 시인 신청호의 언어미학, 인연 닿는 독자의 체감을 권한다.

나를 건너간 무지개

신청호 지음

발행처   도서출판 **청어**
발행인   이영철
영업   이동호
홍보   천성래
기획   육재섭
편집   이설빈
디자인   이수빈 | 김영은
제작이사 공병한
인쇄   두리터

등록   1999년 5월 3일
          (제321-3210000251001999000063호)

1판 1쇄 발행 2024년 7월 31일

주소   서울특별시 서초구 남부순환로 364길 8-15 동일빌딩 2층
대표전화 02-586-0477
팩시밀리 0303-0942-0478
홈페이지 www.chungeobook.com
E-mail   ppi20@hanmail.net

ISBN   979-11-6855-265-4(03810)

이 책은 ❀충청북도   ◆충북문화재단 , 의 후원을 받아
예술창작활동지원사업의 일환으로 발간되었습니다.